Graissons nos chaînes

REVUETTE

MILITAIRE EN GÉNÉRAL ET AUTOMOBILE EN PARTICULIER

PAR

Paul PREMET
Georges ERB
Hubert DOLBEAU

Pondue, montée et jouée à MONTIÈRES-LÈS-AMIENS

en l'an de guerre 1915

AU PARC DE RÉSERVE AUTOMOBILE DE LA 2ᵉ ARMÉE

AMIENS

IMPRIMERIE TYPO-LITHOGRAPHIQUE Ch. BRETON et Cⁱᵉ

45, rue des Capucins 45

1915

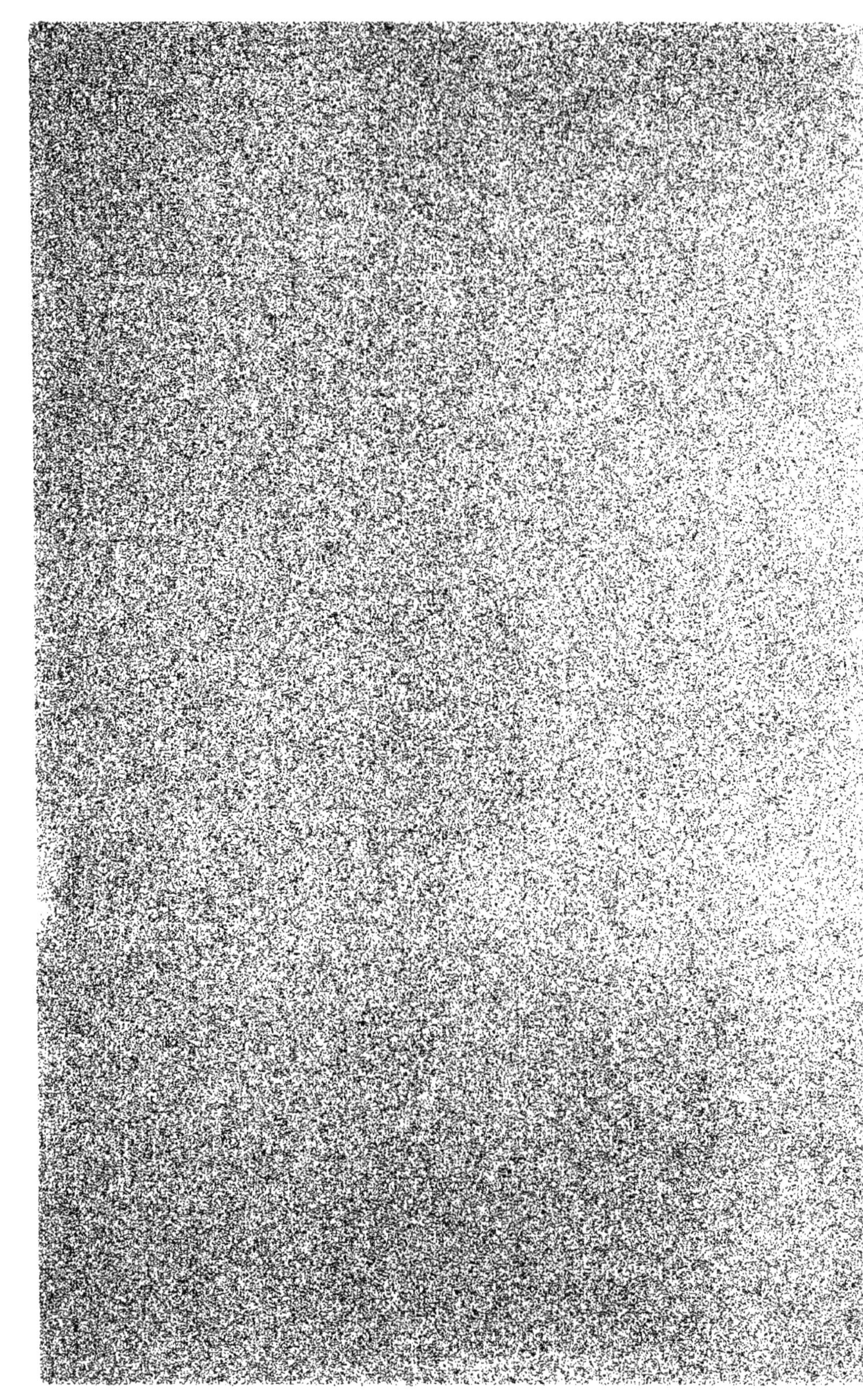

GRAISSONS NOS CHAINES

REVUETTE

militaire en général et automobile en particulier

INTERPRÉTATION

Ont consenti à interpréter avec une artistique bonne volonté cette élucubration :

MM.	MM.
ROUCHAUSSÉ Charles	COURBES Gustave
HAON Gaston	LORILLEUX Amand
MIKAL Louis	CHUCHANAT Georges
DOLBEAU Hubert	GOETZ Désiré
FOLZERT Louis	BOUFFARD Alphonse
VILLEMIN Georges	DELALANDE Gaston
RAFFIOT Raymond	

Le piano fut brillamment tenu par M. MOYA qu'assistait le maître-violoniste LECOURTIER

Graissons nos chaînes

REVUETTE

MILITAIRE EN GÉNÉRAL ET AUTOMOBILE EN PARTICULIER

Pondue, montée et jouée à MONTIÈRES-LÈS-AMIENS

en l'an de guerre 1915

au PARC DE RÉSERVE AUTOMOBILE de la 2ᵉ ARMÉE

PAUL PREMET
GEORGES ERB
HUBERT DOLBEAU

responsables de cette fantaisie, la dédient respectueusement à leurs chefs :

MM. le Capitaine LOTZ ;

les Lieutenants THIVOLLE, VIBERT, WALTEFAUGLE, DUVIGNAC, DAVOUT, LEVÊQUE ;

le Major CLERC ;

les Adjudants et Sous-Officiers du Parc,

en sollicitant leur indulgence... plénière.

AMIENS

IMPRIMERIE TYPO-LITHOGRAPHIQUE Ch. BRETON et Cⁱᵉ

45, rue des Capucins, 45

1915

Graissons nos chaînes

REVUETTE

généralement militaire et particulièrement automobile

SCÈNE I

PREMIER TABLEAU

Au rideau, la scène est aménagée en Bureau quelconque. — A gauche, une table avec tapis, autant que possible vert : sur le tapis, un encrier, des papiers épars. — Deux automobilistes causent et mollement s'occupent : l'un à balayer la chambre, l'autre à ranger les papiers sur la table.

PREMIER SOLDAT *(chantonnant, distrait)*

Non, tu ne sauras jamais !...

DEUXIÈME SOLDAT

Grouillons... grouillons, v'la l'heure, on va s'faire embarquer.

PREMIER SOLDAT

Penses-tu !
Non, mais des fois !! J'en ai marre !... Y z'avaient ben encore besoin de trouver ça... Un examen !
Les chiottes... l'essence... les patates... le mâchefer... et allez donc !
Va y avoir maintenant la corvée de la salle d'examen ?...

DEUXIÈME SOLDAT

Tais ton bec ! Un examen de cette importance ! *(solennel)*. De cet examen va sortir le nouveau chef du Parc !!!

PREMIER SOLDAT *(étonné)*

De quoi ? de quoi ? le nouveau chef du Parc ? Quéque tu jaspines ? Et l'autre ?...

DEUXIÈME SOLDAT

Qui, l'autre ?

PREMIER SOLDAT

Ben, Mama .. parbleu !

DEUXIÈME SOLDAT

Non ! mais d'où sors-tu ?

PREMIER SOLDAT

J'sais rien, moi, j'étais planton du bureau.

DEUXIÈME SOLDAT

Oh ! alors !...
Mais y a belle lurette qu'il est parti !

PREMIER SOLDAT (*tombant des nues et laissant choir son balai*)
Non ! ! !

Alors, je file coucher en ville. (*Il fait le geste de sortir, mais son collègue le ramène au centre de la scène.*)

DEUXIÈME SOLDAT

Alors, tu ne savais pas qu'IL était parti ? Alors écoute ? (*Il chante*) :

Air : *Tu reviendras quand même.*

Il est parti quand même,
Malgré sa bonté extrême,...
Car tout l'amour,
Que le parc toujours,
Eut pour lui ne put le retenir...
A Paris il voulut fuir...
Qu'a-t-il donc été chercher ?
C'est pour se *battre*,
Lutter, combattre,

. . . .

Dans le camp retranché.

. . . .

DEUXIÈME TABLEAU

Même décor. Pendant les dernières mesures de l'air précédent, le lieutenant Vlatavoque entre avec une volumineuse serviette sous le bras, l'air distrait et en fredonnant les premières notes du refrain « Sur les bords de la Riviera ».

UN SOLDAT

Fixe !

LE LIEUTENANT (*fredonnant*)

Ta, ta, ta... Bozon ! Bozon !! Bozon !!! Il n'est pas là, Bozon ? Et mes fiches d'essayage ? (*Il range quelques papiers, puis s'avance au devant de la scène et chante*) :

Air : *Les feuilles mortes.*

Dans le parc de réserve de Montières-lès-Amiens,
C'est moi qu'on a chargé de passer l'examen !
J'étais évidemment pour cela désigné.
Autos, camions, métos, en tout je suis calé ;
J'indique à l'atelier ce qu'il faut réparer.
Et quand l' travail est fait, je sors pour essayer,
Mais presque chaque fois tout est à r'commencer....
Car après mon essai, la voiture est cassée.

REFRAIN

Je suis le grand essayeur
Des voitures, des moteurs.
Mes qualités précieuses
Ne s'arrêtent pas là,
Vous pouvez m'adresser
A tous les jeunes mariés...
Pour tâter si ça va,
Je me pose un peu là

(Pendant la chanson, les deux soldats valsent derrière lui, l'un avec une chaise, l'autre avec le balai. Quand il a fini, il s'asséoit à la table du jury. A ce moment, le lieutenant Tilleul et le lieutenant Pivert entrent : ils discutent bruyamment.)

LIEUTENANT TILLEUL

C'est une absurdité ! Vous raisonnez comme Nicodème !!

LIEUTENANT PIVERT

Que voulez-vous ? C'est mon opinion !!

LIEUTENANT TILLEUL

Je vous dis qu'elle est plus nerveuse, qu'elle rend mieux ! Pour monter, il n'y en a pas comme elle...

LIEUTENANT VLALAVOGUE *(intervenant, intrigué)*

Mais, de qui s'agit-il ?

LIEUTENANT PIVERT *(dédaigneux)*

De la Buire !
Parlez-moi de la Rochet !! Ça c'est un moteur !! Ça c'est de la construction !

LIEUTENANT VLALAVOGUE

Moi, je m'en fous .. *(il chantonne)* « Sur les bords de la Riviera ».

Entre le planton, saluant.

PLANTON

Les candidats sont là !

LIEUTENANT VLALAVOGUE *(aux lieutenants)*

Messieurs, à l'œuvre. *(Tous s'installent à la table du jury.)* Qu'on introduise le premier candidat !!

•••••••••••••••

TROISIÈME TABLEAU

Zéphirin entre, débraillé et agité, et s'avance devant la table.

LIEUTENANT VLALAVOGUE

Voyons, candidat Zéphirin... vous n'ignorez pas l'importance de l'examen que vous allez subir !

ZÉPHIRIN *(accent méridional très prononcé)*

Bien sûr !

LIEUTENANT VLALAVOGUE

Je vais donc vous interroger.

ZÉPHIRIN *(même intonation)*

Bien sûr !

LIEUTENANT VLALAVOGUE

Voyons... d'où peut provenir le vacillement d'une flamme d'acétylène ?

ZÉPHIRIN *(même jeu)*

Attendez un peu... que je vous dise... Y peut y avoir ou trop .. ou pas assez de pression... Si y en a trop, on en enlève... Si y en pas assez, on en met...

LIEUTENANT VLALAVOGUE

Mais comment en mettez-vous ?

ZÉPHIRIN (*même jeu*)

Attendez un peu que je vous dise !... Y faut d'abord que j'aie mes gants.

LIEUTENANT VLALAVOGUE

Oui... oui... c'est inutile !...
Encore une autre question plus spéciale à l'automobile ..
Vous êtes en descente... vos freins ne fonctionnent pas. Que faites-vous ?

ZÉPHIRIN

Attendez que je vous dise .. (*il réfléchit*)
Je fais mon acte de contrition !!

LIEUTENANT PIVERT (*riant aux éclats*)

C'est original !!

LIEUTENANT TILLEUL (*impassible*)

Y a pas d'erreur... c'est idiot.....

LIEUTENANT VLALAVOGUE

Messieurs, pas de discussions ..
Zéphirin ? Décrivez-moi le fonctionnement d'un changement de vitesses à double balladeur.

ZÉPHIRIN

Attendez un peu...
Un changement de vitesse... c'est quand le tiroir de l'engrenage rentre (*geste*) dans le roulement à billes du pont arrière de la direction... vous voyez ben à peu près... quand ça tourne, l'axe rentre et la chambre à air se coince dans la tubulure de l'échappement... bien sûr .. (*Il s'arrête essoufflé.*)

LIEUTENANT VLALAVOGUE

Je vous remercie !
A un autre ! Le candidat suivant ?

(*A cet instant, brouhaha dans la coulisse, on entend une voix féminine, des cris : On n'entre pas ! Puis brusquement, une femme surgit, très agitée.*)

················

QUATRIÈME TABLEAU

LA DAME (*avec énervement*)

Pardon, Messieurs, c'est inique... injuste... évidemment, très militaire ! Parce que je suis une faible femme, je n'ai pas le droit d'être chef d'un parc automobile ! Et j'ai pourtant toute compétence pour cela, mon mari, mon pauvre mari, est fabricant de clysopompes automatiques et à musique. — Vous voyez, Messieurs, que je connais l'auto... je veux passer cet examen... je veux le passer... Na ! ! !

LIEUTENANT PIVERT (*risquant*)

Vous pensez peut-être que c'est, ici, une maison où l'on passe...

ELLE (*l'interrompant*)

... l'examen !!... Parfaitement. Monsieur, interrogez moi ?

LIEUTENANT PIVERT (*d'un air malin*)

Eh bien, Madame, veuillez répondre : Quel est à votre avis le meilleur des carburateurs ?

ELLE

Le Zénith, Monsieur (*câline*) et vous n'êtes pas sans avoir remarqué que toutes les voitures Rochet Schneider sont munies du Zénith. Ce sont les meilleures des voitures ! !

LIEUTENANT PIVERT (*exultant*)

Bravo ! Très bien !!

LIEUTENANT TILLEUL (*froidement*)

Que pensez-vous des reprises ? Quelles sont les causes des reprises molles et comment obtenez-vous des reprises nerveuses ?

ELLE (*de plus en plus câline*)

Les molles reprises, Messieurs, vous sont évidemment désagréables. — Vous aimez les reprises nerveuses. — Or, à cet égard, une voiture vous comblera... la Buire !

LIEUTENANT TILLEUL (*satisfait*)

Y a pas d'erreur, voilà une réponse !

LIEUTENANT VLALAVOGUE (*bon enfant*)

Parlez-moi du ravitaillement par autobus ?

ELLE (*avec une parfaite assurance*)

Les autobus sont les éléments dont se composent les sections appelées R. V. F. Ces R. V. F. ont rendu depuis le début de la campagne des services inappréciables et l'on comprend qu'une section spéciale de réparations ait été créée à l'usage de ces autobus, sous la direction éclairée du lieutenant Vlalavogue.

LIEUTENANT VLALAVOGUE (*l'interrompant*)

Très bien ! très bien !... Si vous permettez, Madame, nous allons délibérer. (*La dame se retire en esquissant une révérence — Tous trois se consultent à voix basse, puis ensemble*) : C'est elle qui doit être nommée !

LE MÊME (*au planton*)

Faites entrer la candidate.

(*Elle entre. — Tous trois se lèvent et saluent.*)

LIEUTENANT VLALAVOGUE (*pompeux*)

Ma commandante, le suffrage universel est unanime ! les membres du jury vous appellent à la direction du Parc Automobile de la 2ᵉ Armée.

ELLE (*rendant le salut*)

Alors ! Messieurs, je commence immédiatement à vous donner mes ordres. (*Elle chante*) :

Air : *Ah patati ! patati ! patata.*

Je suis la commandante du Parc Automobile
Et j' n'ai pas l'habitud' de me fair' de la bile
  Ah patati ! patati ! patata.

Je veux que désormais mes hommes soient heureux
Et qu'ils se trouv' ici beaucoup mieux que chez eux.
  Ah patati ! patati ! patata.

Je veux qu'à l'avenir on se lève à neuf heures
Et qu'on serve aussitôt café au lait et beurre.
  Ah patati ! patati ! patata.

Désormais la barbak sera analysée
Et le potag' se f'ra à la farin' lactée.
  Ah patati ! patati ! patata.

On donn'ra du Pinard deux fois à chaque repas,
Et je veux qu'en sortant ils en ch.... fass' dans leur bas.
  Ah patati ! patati ! patata.

Les hommes coucheront où bon leur semblera
Et s'ils manquent de femmes, on leur en donnera.
  Ah patati ! patati ! patata.

J'ordonne qu'aussitôt on touche des effets
Rien que du « sur mesure », pas de « confectionné ».
  Ah patati ! patati ! patata.

Et s'ils trouvent vilain's les vareuses françaises
On leur fournira des capotes anglaises.
  Ah patati ! patati ! patata.

(A la fin de l'air, elle s'adresse à tous les lieutenants et sur un ton quelque
peu impératif) :

ELLE

A présent Messieurs ! vous pouvez disposer ! A tout à l'heure pour
l'inspection des principaux services de notre Parc !

(Tout le monde sort. Et au moment où le lieutenant Vlalavogue passe auprès
de la commandante en la saluant, celle-ci le retient et s'adressant à lui) :

LA COMMANDANTE

Car, vous savez, mon cher Vlalavogue, que je tiens essentiellement à
passer une revue de tous vos services.. .. une grande revue..... *(riant)*
dont vous serez le compère...

LE LIEUTENANT

J'accepte, ma commandante... *(riant)* Pardon ! Ma commère !

ELLE

Eh bien, commençons par les sous-officiers.

LUI *(protestant)*

Oh ! Renoncez-y ! Ils sont trop ! !

ELLE

Vraiment ?

LUI (*affirmant*)

Vraiment !

ELLE (*insistant*)

J'y tiens essentiellement !

LUI

Dans ces conditions !
Nous avons d'abord les adjudants... (*Il compte sur ses doigts*) Un...
deux. . trois. .

ELLE (*surprise*)

Comment ? Trois adjudants ! !

LUI

Mais oui, ma commandante ! (*Il chante*) :

Air : *Je connais une blonde...*

Vous croyez que j'exagère,
Un adjudant, pour vous,
N'a rien d'extraordinaire.
On en trouve *un* partout !
Mais ce que vous ne rencontrerez jamais
Et c' qui, ma foi, vous épaterait
C'est de voir dans un parc à la fois
Trois adjudants... oui... trois.

REFRAIN

Je connais très bien Devaux,
Il n'est pas du tout marteau.
Et je vous l' dis
Chacun en le voyant passer se dit :
Pour bien distraire son monde,
Il est unique au monde :
C'est un bûcheur,
Un travailleur.
Il fait mon bonheur ! !

ELLE

Voilà pour un ! Et les deux autres ?

LUI

Nous possédons encore l'adjudant Lambert...

ELLE

Et quelles sont ses attributions ?

LUI

Hum... Encore mal définies.
Mais... c'est un si gentil garçon !

ELLE

Et le troisième ?

LUI

Oh ! Le troisième..., je l'ai mis en musique.
Ecoutez ! (*Il chante*) :

Air : *Le Pendu.*

D' cette organisation modèle,
Notre adjudant Maurice Cau
Se démène, épuise son zèle,
En des emplois toujours nouveaux,
Tour à tour, auprès des voitures,
Amenées par les subsistants,
Il vérifie... même la peinture,
C'est un souci de chaque instant.   } bis.

Ou bien il faut fair' la police
Du parc et du cantonnement,
Veiller à tout, pour que rien n' puisse
Souffrir, ne fût-ce qu'un moment.
Ou encor, il faut qu'il balance
En gar' les tacots amochés :
Autobus, cars et ambulances,
Torpédos, camions bâchés,   } bis.

Parfois même c'est lui qu'on charge
Des essais de ces véhicul's,
Il les balade en long, en large,
Jusqu'à c' qu'il en ait plein le... dos,
Puis un contre-appel aux lumières
L'empêche d'aller... promener,
Quel métier, Madame, ma chère !
Vous pouvez m' croir' ! il est vanné, } bis.

LA COMMÈRE

Merci, mon cher Vialavogue, de cette aimable présentation.
Et maintenant, montrez-moi, je vous prie, comment fonctionne
votre atelier.

LUI

Bien volontiers, ma commandante.
Je vais donc entrer avec vous dans cette immense ruche qu'est
l'atelier de réparation du Parc de Réserve !!

RIDEAU

SCÈNE II

CINQUIÈME TABLEAU

La scène est aménagée en atelier. — Au fond un établi : au-dessus une pancarte où on lit :

> SPÉCIALITÉ DE BRIQUETS EN TOUS GENRES
> Avec ou sans pare-brise.
>
> — GAMELLES EMBOUTIES —
>
> Utilisation méthodique des balles ou obus non explosés.
> Transformation des chambres à air neuves ou usagées en blagues à tabac, portemonnaies, bourses de valeur ou bretelles.
>
> SOUVENIRS DIVERS

(Au lever du rideau, plusieurs ouvriers s'occupent au finissage d'un briquet monté sur un obus de 37. Entrent en causant le compère et la commère.)

ELLE

...Et comment fonctionne l'atelier de réparation ?

LE COMPÈRE

C'est, évidemment, une organisation très complexe... Je vais essayer de vous l'expliquer...

Prenons un exemple : une voiture entre en réparation. Chaque sous-officier s'occupe immédiatement de sa spécialité : l'un surveille le démontage du moteur, l'autre dirige le réglage de la magnéto, un 3ᵉ s'occupe de la boîte à vitesse, un 4ᵉ de la direction, un 5ᵉ des pneumatiques, un 6ᵉ de l'outillage, un 7ᵉ de la carrosserie, un 8ᵉ des klaxons ou appareils avertisseurs, un 9ᵉ des pots d'échappement, un 10ᵉ des roues métalliques...

Ces sous-officiers transmettent leurs observations et leurs ordres à des brigadiers chefs d'équipe chargés d'assurer l'exécution du travail matériel... Ces brigadiers notent soigneusement sur une fiche d'assez grande dimension ces observations et les réparations à faire... et la fiche contrôlée, paraphée, tamponnée, est minutieusement suspendue en évidence à la partie avant de la voiture.

LA COMMÈRE

... Très bien ! très bien !...

LE COMPÈRE *(tout d'une haleine)*

... Ces formalités remplies, un rapport détaillé est aussitôt rédigé contenant les observations des brigadiers, les remarques des sous-officiers, les notes des adjudants, les conseils du commandant. Ce rapport est aussitôt remis au commandant du S. A. *qui* le transmet au D. S. A. *qui* le passe au D. A. *qui* l'approuve et le fait parvenir au Q. G.

(La commère reste ébahie.)

LE COMPÈRE

Mon commandant a compris toute la simplicité de ce fonctionnement !

LA COMMÈRE (*inquiète*)

Evidemment, évidemment... mais que devient la voiture ?

LE COMPÈRE (*d'un petit air dégagé*)

La voiture ?? oh mais... bien alignée, elle reste là... de temps en temps un ouvrier vient jeter un coup d'œil distrait sur la fiche.

LA COMMÈRE

Ah !... Très bien ! très bien !!
Je m'explique maintenant la multitude des gradés et le petit nombre d'ouvriers.

(*Entrent deux hommes maniant chacun un balai, un brigadier les suit.*)

LA COMMÈRE

Oh ! quelle poussière !

LE COMPÈRE (*se précipitant furieux sur le brigadier*)

Qu'est-ce que vous faites, vous ?
— Comment vous appelez-vous ??

LE BRIGADIER (*immobile au garde à vous*)

Moy !

LE COMPÈRE (*insistant*)

Oui... vous !

LE BRIGADIER

Moy !

LE COMPÈRE (*exaspéré*)

Oui, oui ! Vous, vous ! !

LE BRIGADIER

Oui ! Moy ! Moy ! Moy !

LE COMPÈRE (*n'y tenant plus*)

Mais c'est un malade ! Il faut le réformer ! !

LE BRIGADIER

Moi ! jamais malade !

LE COMPÈRE (*à la commère*)

C'est un pauvre d'esprit ! ! (*Riant.*) Il doit avoir un grillon dans la clarinette !

LE BRIGADIER

Moi ! un pauvre d'esprit ! ! Mais je vous dis que je m'appelle Moy !
(*Epelant.*) M-O-Y.

LE COMPÈRE (*revenant à lui*)

Ah ! voilà ! ! On n'a pas idée d'un nom pareil !
Et que faites-vous ?

LE BRIGADIER (*chante*)

Air : *Elle était souriante.*

Oh ! c'est très simpl' Monsieur le Lieutenant !
Je suis chargé de commander
L'escadrille qui perd son temps
A nettoyer complètement
L'atelier où sont alignées
Toutes les voitures à réparer.

REFRAIN

De bon matin je pars à la corvée,
Je commande aux homm's qui me sont désignés
Le p'tit boulot qu'ils devront tous me faire
Et pendant c' temps, je vais prendre un peu l'air.

* *

Il nous arrive aussi de temps en temps
D'exécuter l' déménagement
De pièces qui causent l'encombrement
De quelques coins de l'atelier
Et qui doivent être déplacées
Pour n' pas gêner les ouvriers.

REFRAIN

De bon matin, etc.

* *

Il en résulte un vrai chambardement
Qui prend toujours un très long temps
Mais qu'il nous faut le lendemain
Recommencer régulièrement,
Le coin désigné par Thiollin.
Devant servir de magasin.

REFRAIN

De bon matin, etc.

* *

Aussi voyez, Monsieur le Lieutenant,
Le chef d'escadrill' du balai
Se fait souvent du mauvais sang.
Car, si le travail est mauvais,
Bien vit' les hommes foutent le camp
Et tout mon travail reste en plan.

REFRAIN

Le lendemain je r'commence la corvée,
Car ici on n'a jamais pu m' trouver
Un travail très intelligent à faire,
Le croyez vous ! c'est extraordinaire ! !

....

SIXIÈME TABLEAU

(*Entre un sous-officier très affairé tenant un paquet de fiches à la main.
Sans voir personne, il crie à la cantonnade.*)

LE MARÉCHAL DES LOGIS

Conduisez-moi, immédiatement, la Berliet 47-31 D. K. V. au
Parc.

LE COMPÈRE (*à la commère*)

Tenez, voici précisément le chef d'atelier. (*A ce dernier*) Voyons, maréchal des logis, montrez-nous un peu les voitures à réparer !

LE MARÉCHAL DES LOGIS (*air très affairé*)

Oh ! mon lieutenant, pas possible !... je n'ai pas une minute... j'en ai par dessus la tête !

LA COMMÈRE

Mais pourtant, voyons un peu ce qu'ont ces voitures !...

(Le sous-officier passe alors une à une les fiches au lieutenant, qui à haute voix en donne lecture.)

LE COMPÈRE (*lisant*)

Fiche n° 1. — 96/69 Q. B. G. Schneider courrier — Une bielle brisée dans la magnéto, éloigner les bougies du ventilateur, outillage à compléter .. Boîte d'étincelles de rechange à remplacer... (*parlant*) à passer au brigadier Pariselle... (*continuant à lire*). Retirer une lettre tombée dans la boîte à vitesse, remplacer le sabot de frein pour éviter pareils accidents.

Deuxième fiche. — Camion 6 tonnes BB Peugeot M. R. D. — 100 — fuite dans la circulation d'eau du pont arrière. . Toiles d'araignées dans le pot d'échappement, envoyer la tubulure à la chaudronnerie pour tourner l'axe de commande...

Troisième fiche. — 7-10-20 Saurer. Court circuit dans la béquille, isoler la bâche, cause de mauvaise carburation. — Dire à Thiollin de remplacer le Zénith par un Rivoire et Carret, marchand au Vermicel Laminé.

Quatrième fiche. — 14-73 Rochet rouge (*parlant*) (ah ! la voiture du lieutenant), (*continuant à lire*) changer les pneus qui ont éclaté de rire et envoyer à la presse la carrosserie qui se gondole. Encourager le radiateur qui fuit devant l'ennemi, le confier à Collot.

Cinquième fiche. — Voiturette B. B. Ponchon, 2 tonnes. A soigner particulièrement, est devenue indispensable au magasin. Ne veut plus être conduite par tout le monde. Installer un appareil lui permettant de garder ses distances avec les autres — est appelée à faire le service de l'Evêché. — Vérifier très soigneusement la magnéto qui, depuis quelques jours, a pris une avance scandaleuse.

LA COMMÈRE

Quel travail. Messieurs, quel travail !

LE MARÉCHAL DES LOGIS

Et ce ne sont pas des voitures d'Etat-Major !...

LE COMPÈRE

En effet, avec celles-là on n'en finit jamais. Vous n'avez pas idée des installations qu'il faut faire ! Tenez, justement : (*Lisant*).

Sixième fiche. — Z. U. KK. Mercédès. Installer dans le pare-brise une circulation d'eau chaude, calibrer les lunettes du chauffeur, afin d'éviter d'écraser les poules d'Amiens... (*parlant*) à envoyer au forgeron.

LA COMMÈRE

Merci, mon cher Vlalavogue, je vous félicite de votre ingénieuse organisation.

Grâce à vous, me voilà bien documentée et à même d'assurer le commandement de cet important service. (*Elle chante*) :

Air : *Berceuse de Jocelyn*

Cachés dans cette ville où l'on nous a conduits,
Unis par le travail, abrutis par l'ennui.
Nous réparons ici des tacots vénérables.
Que la remorque amène en état lamentable,
  Ah ! faites qu'ils marchent encor'.
  Pour qu'un conducteur de son rêve
  Puisse le saboter encor',
  Enfin, permettez qu'il l'achève.
  Quand son dernier jour aura lui,
  Mécanos vous prierez pour lui !!

*

Réparé tout à neuf, le camion est parti
Sur la route déserte, il cahote indécis.
Mais bientôt essoufflé, cale au bord du chemin :
Dieu, de l'automobile ! Est-ce déjà la fin ?
  Ah ! faites qu'il fonctionne encor',
  Pour qu'un conducteur de son rêve
  Puisse le massacrer encor'.
  Enfin, permettez qu'on l'achève,
  Quand son dernier jour aura lui,
  Mécanos, vous prierez pour lui !!

*

A l'usine « La France », on peut le ramener :
Francki, Thiollin, Candy, s'en vont le réparer ;
Le mal, hélas ! est grand, son conducteur poilu,
Pour tout à fait le tuer a fait ce qu'il a pu.
  A sa mort on s'est acharné,
  Et comme il respirait encor',
  Bien vite on appela Gauthier.
  Désormais, il était bien mort !,...
  Millet ! Notez qu'il est fini !
  Mécanos, priez pour lui !!

*

Il faut qu'on l'évacue, maintenant qu'il est mort ;
C'est désormais d'Hautpoul qui va régler son sort.
Il s'en vient au bureau, botté, sanglé, poudré.
Puis va chez l'intendant, toujours très parfumé...
  Et sur un wagon des plus plats,
  Vers des mécaniciens meilleurs,
  Le camion cadavre s'en va...
  Avec une nouvelle ardeur.
  On en recolle les débris.
  ...Il est tout neuf, prions pour lui !!

(*A la fin de la Berceuse, la commère enchaîne*)

ELLE

Mais dites-moi, mon cher Vlalavogue, à quelle heure déjeune les ouvriers ?

LE COMPÈRE

A 11 heures, ma commandante. Et si vous le voulez, nous allons passer à la cuisine.

RIDEAU

SCÈNE III

SEPTIÈME TABLEAU

La Cuisine

Ustensiles de cuisine militaire. — A gauche, une table avec des verres, des assiettes, des fourchettes, une cruche. Les cuisiniers mangent en faisant de grands efforts. La commandante entre, inspecte en détail avec son face-à-main : elle est accompagnée du compère. Les cuisiniers ne remarquent pas cette entrée.

LA COMMANDANTE

Evidemment... ces hommes sont très occupés... je pense qu'ils sont exempts de toute autre corvée, car ils font un travail pénible.

LE CUISINIER (*qui n'a pas aperçu les nouveaux venus*)

On est bien... On vit... Mais on a à peine le temps de manger. (*Il se retourne et aperçoit le compère et la commère; effrayé, il se lève.*) Ah zut ! Quoi donc qu'elle vient faire par là c'te payse !

LA COMMANDANTE

Dites-moi, cuisinier ? Quel est le menu d'aujourd'hui ?

LE CUISINIER

(*Il s'essuie la bouche avec la manche de son bourgeron, tire un morceau de papier de sa poche et dit avec emphase*) :

Potage Crécy
Escalopes Belleville
Marcassins à l'embuscade
Tripes à la Valvoline
Salade Anglo-Russe
Desserts avariés
Vin blanc : Château Montières — Rouge : Clos Héricy 1912.

LA COMMANDANTE

Mais ça !.. c'est le menu du dimanche ! Et la semaine ?

PREMIER CUISINIER

Oh ! oh ! oh ! la semaine .. c'est plus ordinaire... Ecoutez ! (*il tourne le papier, lisant*) :

Matin : Soupe de morue
Morue bouillie.

Soir : Langue de morue sur paille
Jus de foie de morue.

TOUS (*d'un air dégoûté*)

Oh ! ces morues !...

LA COMMANDANTE

(A ce moment, entre un mitron en tenue de travail et qui vient se réconforter aux cuisines. — La commère et le cuisinier continuent leur dialogue sans l'apercevoir.)

Toujours les mêmes, jamais contents...
Et le pain... pas trop mauvais ?

PREMIER CUISINIER

Oh ! le brichton... immangeable.

LA COMMANDANTE *(surprise)*

Et pourquoi cela ?

PREMIER CUISINIER

Parce qu'ici on le fait tous les mois, le pain ! On chine les Boches avec leur pain K, mais ils sont mieux servis !

(A ce moment le mitron, qui a entendu parler de pain, s'est rapproché de la commère et du cuisinier et prête attention à leur conversation.)

LA COMMANDANTE *(étonnée)*

Je ne comprends pas !

LE MITRON *(l'œil malin)*

Ben oui... Le nôtre a le temps de vieillir,... tandis qu'eux ils font leur K K matin et soir ! *(Il rit bêtement de ce gros trait.)*

LA COMMANDANTE *(avec un grand geste de dégoût)*

Malpropre ! Ne plaisantez pas les boulangers qui forment actuellement l'élément le plus important de la population de Montières... et qui nous font manger du pain parfait. *(Elle chante)*:

Air : *Charmes d'amour.*

Pour obtenir du pain parfait,
Prenez d'abord de l'amidon
Que soigneusement vous mélangez
Avec de la purée de marrons.

Ajoutez un peu de sulfate,
Quelques gouttes d'acid' tartrique,
Une pincée de bi-carbonate
Et deux poignées de noix vomique.

Vous remuez quelques minutes
Avec un' p'tit' canne en bambou,
Vous saupoudrez d'un peu d' bismuth
Et dans l' pétrin vous fourrez l' tout.

Avec onction vous pétrissez,
Vous pelotez, vous remuez
Et quand tout est bien mélangé,
Par dessus il vous faut cracher.

Et vous mettez l' tout dans un four,
Qu'auparavant on a chauffé.
Et puis au bout de soixant' jours.
Vous pouvez ouvrir et r'garder.

S'il reste encor' quelque chose,
Vous pourrez de là l' retirer :
Vous l' fermerez dans un' fosse
Avec défens' d'en approcher.

Si vous avez quelques loisirs,
De temps en temps vous pourrez
Au soleil le faire durcir
Et complèt'ment le faire sécher.

Au bout de six mois d' ce traitement,
Le mélange alors moisira :
Il s'ra capabl' d'user vos dents,
Vous aurez fait du pain d' soldat.

*(A la fin de l'Air des Boulangers, entre le caporal d'ordinaire
avec un grand panier.)*

LA COMMANDANTE *(se retourne et l'aperçoit)*

Et celui-là, qu'est-ce qu'il fait ?

LE BRIGADIER

C'est moi, mon commandant, que je suis tété, n'est-ce pas, nommé
brigadier d'ordinaire.

LA COMMANDANTE

Et que portez-vous-là ?

LE BRIGADIER

Les rations de viande de la section.

LA COMMANDANTE

Ah ! Et comment faites-vous la distribution aux escouades ?

LE BRIGADIER

Oh ! c'est pas compliqué, mon commandant.
(Il tire un gigot) Je donne ça aux officiers... *(Un autre morceau)*
Le filet aux sous-officiers.. *(Un autre morceau)* Le ramsteak aux
fourriers .. *(Un autre morceau)* Je garde le bifteck...

LA COMMANDANTE *(étonnée)*

Mais enfin, que donnez-vous donc aux hommes ?

LE BRIGADIER *(sortant un gros os, absolument dégarni)*

Ça, parbleu.. et le riz quotidien. *(Les cuisiniers rient et tous
ensemble)* : Oh ! ce riz !!

(Au milieu des rires entre un brigadier)

LE BRIGADIER *(fort)*

Voyons, avez-vous épluché les patates, lavé les cuisinières, hein ?

LA COMMANDANTE

Mais quel est ce gradé ?

LE COMPÈRE

Vous êtes ??

LE BRIGADIER

Le brigadier-adjoint ! *(il chante)* :

Air : *Mais elle est revenue.*

Au parc, j'échoue un beau matin,
Sans savoir pourquoi, ni comment,
On m'a dit : faut, mon vieux Magnin.
Te conserver l' tempérament.
Il nous faut pour ces homm's du train
Quelqu'un qu'engueul' les subsistants
Et qui, dans le cantonnement,
Fass' presque tout et n' fasse rien.

REFRAIN

C'est moi qu'on a nommé
Le brigadier-adjoint,
Je suis tout désigné
Pour commander l' turbin.

Quand un camion est arrivé,
Je prends soigneus'ment l'inventaire
De tout c' qui est déposé ;
Car si plus tard y en manqu' le tiers,
C'est moi qni serais engueulé.
Aussi, j' gard' les distanc's entières
Avec les nouveaux débarqués.
Je n' vais pas mêm' prendr' un p'tit verre.

REFRAIN

C'est moi qu'on a nommé ...

Quand arriv' l'appel du matin,
J' suis là drapé dans mon manteau.
Mon petit carnet à la main,
J' not' ceux qui sont au dodo ;
Et sans faute le lendemain
Je leur f'rai fair' du sal' bouleau.
J' n'admettrais pas qu' ces p'tits gamins
Se croient ici dans un château.

REFRAIN

C'est moi qu'on a nommé....

Quand il s'agit de commander,
L'adjudant peut compter sur moi,
Tous les ordr' sont exécutés,
Mais il arriv' que quelquefois
Je commande aux sous-officiers,
Par exempl' les chefs de convois.
Alors souvent j' suis rembarré.
Mais l'adjudant est avec moi.

REFRAIN

C'est moi qu'on a nommé
Le brigadier-adjoint
Je suis tout désigné
Pour faire mon malin.

RIDEAU

SCÈNE IV

HUITIÈME TABLEAU

La Chambrée

La scène représente une chambrée. — De la paille par terre: le long des murs à des clous pendent des vestes, des pantalons de soldats. des bleus de mécaniciens; quelques soldats sont couchés sur la paille, d'autres causent autour d'une table, ou si possible d'un poêle.

VASSIER (*accent parisien*)

Ah! mon vieux.. tu parles si ça tombait... les gamelles .. les balles... les aéros.., quelle danse !... c'était pire qu'à Casablanca...

UN SOLDAT (*accent picard*)

Ed' Casablanca ?

VASSIER

Ben oui, mon vieux... j'ai déjà fait le truc muche.... mais là-bas avec l'auto-mitrailleuse... (*Aboiements prolongées dans la coulisse*) Qu'est-ce qui gueule comme ça.

LE SOLDAT

Chéch' grand loufoque comme ti, y viens dé ch' Maroc, es' soleil o dû l'y taper su s' tronche !

VASSIER

Comment qui s'appelle ?

LE SOLDAT

J' sai point mi... y vient dé ch' Midi, il est d' Lyon...

TRIQUENET

(*rentre en aboyant. poussant une caisse à claire-voie renfermant divers petits animaux imités. Il crie. en hurlant. le boniment suivant*) :

Venez voir, Mesdames, Messieurs, le vibrion d'Afrique, cet animal qui n'est pas en tout plus gros que la moitié du quart d'un poil de chameau coupé en quatre...

(*Quand il a fini son boniment. un homme qui est dans la salle l'interpelle*) :

Ça ci pas vrai ça qui dit cet nome là...
(*Au public*) N'écoute pas ! tous... c'est dy blague...
(*S'adressant à Triquenet eu gesticulant*) Pourquoi ti dis les oiseaux y courent.., et les chameaux y volent. . Spèc' d'bécile . ty la vu ça, toi ? Ma parole ty fou.. mabou1 !

TRIQUENET

Quoi... quoi... qu'est-ce qu'il dit...? Faites-moi sortir cet intrus...

ALI (*dans la salle*)

Oui, viens-y faire sortir cet nome-là,... fandra que tu fais sortir moi aussi.... C'est loui qui dit la vérité. toi ty es un menteur...

MOHAMED

Argarde-moi celoui-là !...

TRIQUENET (*s'agitant*)

Menteur... tu dis menteur ? .. Viens le dire ici ?...

MOHAMED

Oui, je viens ! (*Il s'asseoit*) Oui, je viens !...

TRIQUENET (*toujours plus furieux*)

Mais viens donc !!

MOHAMED

Oui, ji viens... Tu te fote de nous otres ;... si jamais Général Lyautey entende toi... te foute dedans....

TRIQUENET (*rageant*)

Mais viens donc... Allons, viens !...

MOHAMED

Oui, je viendrai tout te suite ! ! !

ALI

Oui, aye le corage... viens à d'en ballec...

(*Il se lève, prend Mohamed par le bras et le conduit vers la scène en discutant mi-français, mi-arabe.*)

MOHAMED

Allons, monte premier...

ALI

Non... monte, toi,... je montrai dernier.

Jeu de scène. — Ils montent.

ALI (*à Triquenet*)

Splique-toi maintenant

MOHAMED

Oui ! ! splique ! !

ALI ET MOHAMED (*ensemble, en gesticulant contre Triquenet*)

Splique ! splique ! !

TRIQUENET

(*recommence son boniment en bredouillant et en mangeant ses mots*)

(*Les deux Arabes se regardent longtemps en silence, puis, entre eux*) :

ALI

Y en a raison .. cet nome là ..
(*S'adressant à Triquenet*). Quand ty parle docement .. comme ça j'y comprend bien ça qu' ly dis... (*S'adressant à Mohamed*). Ça c'est vrai... Mohamed.

MOHAMED

Ça c'y vrai.. t'y on a raison (*Prenant Triquenet par le bras*).
Porquoi y a, sidi .. t'y parles pas bien de nos otres... t'y sais pas M. Divaut y veut venir à Casablanca fec des quincailles .. Et M. Vaché y veut venir faire des mésons, .. et M. Girard loui acheter les terrains .. des bofs, des chamôts, des motons... tout ça... Si t'y parles comme ça,... M. Divaut y vient pas,... ni M. Vaché... et M. Girard il a peur l'y acheter des terrains couyonnés fec le silex.

ALI *(qui a pris Mohamed par le bras et l'a écarté de Triquenet)*

T'y fou Mohamed !... *(s'adressant à Triquenet, confidentiel)* fec le silex t'y fais des étincelles pour allumé le feu,.. mais yvec l'argent faut ch'ter le terrain. *(Tous trois sourient... salam alec).*

LE SOLDAT PICARD

Allons, chés arbis, ach' theure quo vous êt' bien eimbrassés, y feut nous fouaire el' nouba. *(Nouba).*

Le piano joue l'air de la Bousbousmée. Les soldats accompagnent la danse en tapant des mains, en suivant le rythme

(Pendant qu'ils dansent, entrent l'adjudant Devaux et le sergent Gueulard)

L'ADJUDANT

Faites l'appel, Gueulard !

(Puis, pensif, il descend devant la scène, prend son étui à carte qu'il examine sous toutes les formes.)

LE SERGENT GUEULARD *(s'adressant à la chambrée)*

C'est assez comme ça. *(Furieux)* Qu'on achève cette ménagerie, si ça continue, vous passez tous au Conseil de guerre

(Il prend la liste d'appel et le fait à voix basse)

L'ADJUDANT *(qui examine toujours sa carte)*

Oui, oui, c'est bien ce que je pensais hier soir en me couchant. . Si à ce moment la division qui formait l'avant garde de la 10e Armée avait pris une direction plus oblique, elle aurait obligé le gros des forces de Von Kluck à se replier plus à l'est et serait tombée sur les corps d'armée qui formaient l'avant-garde de la 5e Armée qui convergeait vers ce point... Comme ça ils étaient tous cernés... Ah ! sacré nom de chien !... Si Joffre m'avait consulté !. .

(Il laisse tomber son porte-carte et reste pensif)

SERGENT GUEULARD *(furieux)*

Mon adjudant, il en manque dix-sept... Je fais un rapport au commandant !...

L'ADJUDANT *(très calme)*

Non.... quand ils rentreront,... demain... ou après-demain... vous les enverrez à la corvée de machefer, tantôt.. *(Il chante)* :

Air : *A Ménilmontant.*

Je remplis dans cett' section
L'ingrat servic' d'adjudant,
Mais pour remplir cett' fonction
Sans façon
J' suis forcé d' montrer les dents
Sans jamais prendr' de sanctions.
C'est pas mon tempérament.
Je suis l'adjudant,
Je suis bon enfant.

Quand arrivent les journaux,
Je mont' sur mon escabeau
Et avec de p'tits drapeaux,
    Oh! Oh! Oh!
Je not' soigneusement les points
Où nos troup's plein's d'entrain
Ont gagné très peu d' terrain
    Pour le lendemain
    Pour le lendemain.

Au mess je suis entouré
Et certes, très questionné :
J' leur expliqu' la défensive
    Très massive.
Je démontr' ce qu'est l'offensive
Que bientôt la France prendra
Et qui la délivrera
    De ces scélérats,
    De ces scélérats.

SERGENT VESTE

(qui jusqu'à présent lisait une lettre dans un coin avec son ton nasillard.)

Ceux qui veulent des permissions ?

UN SOLDAT *(à haute voix)*

Moi ! Fauger.

SERGENT VESTE *(réfléchissant)*

Fauger ?.. mais mon ami, vous partez demain matin avec la camionnette sanitaire qui emporte à Paris les camions réformés du Parc !..

LE SOLDAT

Non, ben alors... et mes chiottes... qui qui va les faire ?

SERGENT VESTE

Vous ne savez pas, on ne vous a pas prévenu ?.. alors vous n'avez pas graissé vos chaînes... ni fait votre plein ?... et il faut absolument que vous soyez prêt à partir à 7 h. 25, *(Il s'en va puis revenant)* surtout n'oubliez pas votre boîte d'étincelles..

TRIQUENET *(pendant cette scène s'est retiré, est pensif et rêveur)*

UN SOLDAT *(s'approchant de lui et lui tapant sur l'épaule)*

A quoi qu' tu penses, vieux ?.. t'as l'air tout chose !

TRINQUENET *(avec l'accent canut)*

Ah ! mon pauvre vieux ! je pense à c'te bonne ville de Lyon, à ma petite épouse qui doit se faire un détour dans le sang ! *(avec un grand geste)* oh ! puis tiens !! n'y pensons plus !!! couchons-nous.

(A ce moment tout s'éteint, silence. Au bout de quelques instants, Trinquenet se retourne et soupire bruyamment.)

LE SOLDAT

Qu'est-ce qu'il a encore le Lyonnais, le vl'à qui rêve !

A ce moment un projecteur éclaire la scène suivante

(Entrent de chaque côté de la scène M. Ballendier et Madame Toinet. Ils se rencontrent au milieu de la scène.)

•••••••••••••

NEUVIÈME TABLEAU

Scène des Canuts

ELLE

Eh ! bonjour, monsieur Battendier

LUI

Eh ! bonjour, madame Toinet, et quoi de neuf. Quoi donc vous amène à cette heure, vous qui avez l'habitude de vous coucher comme les poules... Votre détranquanoir est donc déglingué ?

ELLE

Mais non, monsieur Battendier, il n'y a rien de tout ça... depuis c'te guerre, il y a bien longtemps que mon détranquanoir ne marche plus....

LUI

Et quoi donc qui n'ia ?

ELLE

Ben voilà ! (*A ce moment tous deux s'assoient sur la caisse que Triquenet a laissée au milieu de la scène*) C'est que je viens de recevoir une lettre de mon homme qui est soldat... il est là-bas sur le front.

LUI

Ah ! oui...

ELLE

Vous savez que depuis quelque temps je ne peux plus bésicler comme quand j'avais mes vingt printemps .. j'avais bien dit à cette grande gognaude de Julia de me la lire ; mais vous savez, monsieur Battendier, les femelles, à Lyon, elles ne peuvent plus résister à leur veuvage.

LUI

C'est pas possible !... Que me dites-vous là !...

ELLE

Mais oui... elle est rentrée, l'autre soir, avec son tablier tout benouillier.

LUI

C'est pas vrai !..

ELLE

Mais oui, et puis vous savez, monsieur Battendier, madame Bugnozet ?

LUI

Ah oui ! la mère Bugnozet, la voisine qu'habite le carré du dessus ?

ELLE

Oui justement, oui.. elle a bien reconnu que c'était de ça d'homme.

LUI

C'est pas dieu possible !

ELLE

Elle avait passé toute sa soirée dans la cour des Pierres-Plantées...
tout en haut de la côte.

LUI

Ma pauvre madame Toinet, où sont les enfants de notre temps ?
Nous autres on ne pensait pas à la bagatelle.

ELLE

Ah ! ben bien sûr.
Tenez voilà la lettre de mon mami,. , il est à Montières-lès-Amiens,
vous savez... dans la Picarnie ..

LUI

Ah ! ce pauvre gonne, ils l'ont ben envoyé loin ; il doit plus voir le
coteau. Voyons voir un peu ce qu'y jabotte. .

(Il lit à haute voix) :

Madame FANY TOINET

Petite rue des Pierres-Plantées

miméro un.

Ma bonne FANY,

Si je ne t'ai pas écrit depuis la dernière fois, c'est que nous venons
d'avoir une grande affaire...

ELLE *(interrompant)*

Ah ! grand Dieu : il a eu ses affaires, je croyais qui avait qu'à nous
autres que ces choses là arrivaient,... ça l'a pris au moment où ça me
quittait !

LUI

Mais, mame Toinet, quèque vous dites là, vous n'y connaissez rien,
vous ne savez dont pas que c'est un terme startogique.

ELLE

Ah ! pas possible...

LUI *(continuant sa lecture)*

.. Nous avons changé de lorcal à cause que les bardannes nous
dévoraient le sarcifi ; puis on nous a cazé dans un espèce de château
où que n'y a souvent la visite des taubes...

ELLE

Des taupes, mais què qu'il veut dire par là ce gonne !!

LUI

Ben oui, madame Toinet, les taubes sont de oisiaux boches que volent, dans le genre de celui de Legagneux, mais sont ben loin de pouvoir gigoter comme les nôtres.

ELLE

Ah ! oui, je comprends, c'est de zaroplan, comme qui dirait de rantanplan, que marchent là-haut...

LUI

Mais oui... (*continuant la lettre*) et dans tout ce déménagement on a tout chambotti notre barda, il tombait de l'eau à sieau et j'ai pris mal au cotivet. Y a Benoît, le gros Benoît, un gonne de la rue du Bœuf, qui m'a bien badigoisé le corniollon à la peinture d'idiote, et depuis ça va quasiment mieux.

ELLE

Ah ! mon pauvre mami, il doit bien s'en voir, lui qui avait l'habitude de faire la grasse matinée. Pensez donc, monsieur Battendier, lui qui est regroleur, on l'a mis dans la mercanique, lui qui ne savait taper que sur les grolles.

LUI (continuant à lire)

Voilà bien longtemps que tu m'as pas envoyé de babillardes. Faut le dire qu'à la section on a tellement changé d'adresse sans changer de pathelin que je te la mentionne à nouveau au bas de ma babille.

Ma chenuse collombe, je termine en te faisant bien péter la miaille.

Ton homme : JOANNY TOINET.

ELLE

Ah ! mon bon mami, ah ! mon pauvre monsieur Battendier, avec ces Barklans, voyez-vous, cela nous aménera rien de bon.

LUI

Ah ! ben oui, si encore la Sarlonique et la Marcedoine n'étaient pas venues se mettre de la partie ?

ELLE

Mais qu'as qu'elles viennent foutre ces deux poutrônes, là-dedans ?

LUI

Mais vous avez la comprenette dure ! la Marcedoine et la Sarlonique sont des pays comme qui diraient Brindas et Chaponost.

ELLE

Ah ! oui, je comprends maintenant.

LUI

Alors, dites dont, madame Toinet, votre Joanny... il combat ?

ELLE (hésitant)

Ben... il combat .. bien sûr,... sans combattre.

LUI

Oui,... oui.... sans combattre, sans combattre,... mais tout en combattant.

ELLE

Tout en combattant, bien sûr, .. mais sans être combattu.

LUI

Oui, tout ça, bien sûr, on ne sait pas comment cela va se détranquaner. Qu'en dites-vous ?

ELLE (*affirmative*)

Selon moi,... c'est peut-être ben que oui ou est peut-être ben que non.

LUI (*tendant sa tabatière*)

Dites, en prenez-vous une ?

ELLE

Oui, tout de même, monsieur Battendier, cela m'éclaircira un peu la vue (*elle prise*)
... Oh ! il est bien bon, il est bien frais. Où le prenez-vous ?

LUI

Je le prends à l'angle qui fait le coin du Gros Caillou.

ELLE

Ah ! oui.
Où est dont ce vieux temps où on allait manger le saucisson à la vogue de l'Ile Barbe. Vous rappelez-vous, monsieur Battendier ?

LUI

Si je m'en rappelle... Voyez-vous, tout ça, mère Toinet, ça ne vaut pas notre vieux bon temps. Voulez-vous que je vous accompagne un bout ? (*Ils sortent en chantant*) :

> Ah ! le bon temps, le bon vieux temps
> Avait des charmes tout de même.
> Nous ne parlions pas des Balkans
> Et tous les peuples s'aimaient quand même.

} (*bis.*

RIDEAU

SCÈNE V

DIXIÈME TABLEAU

L'Ancien et le Nouveau

La scène est séparée en deux parties. — De chaque côté deux officiers assis chacun à leur bureau. — Téléphone sur chaque table

PREMIER OFFICIER (*rangeant des papiers épars*)

Dans quel fouilli il m'a laissé tous ces dossiers. (*Il continue à ranger ses papiers.*)

DEUXIÈME OFFICIER

(*Il est en train d'écrire très rapidement, tout à coup il bondit sur le téléphone*)

Allo.. allo... le Parc de la 2e Armée, allo... Oh ! quelle friture, ah voilà. Allo... c'est vous le nouveau commandant du Parc ?

PREMIER OFFICIER (*très froid*)

Lui-même !

DEUXIÈME OFFICIER (*agité et criant fort*)

Alors, ça va les nouvelles fonctions !

PREMIER OFFICIER

Très bien.

DEUXIÈME OFFICIER (*même jeu*)

Vous savez pour que ça aille, il faut tous les visser, aussi bien les petits que les grands, j'en faisais ce que je voulais par ce que je les vissais.

PREMIER OFFICIER

Qu'est-ce qui me parle ?

DEUXIÈME OFFICIER

Commandant Matuvurire.. l'ancien chef de Parc... votre prédécesseur...

PREMIER OFFICIER

Ah ! très bien.

DEUXIÈME OFFICIER

Dites-moi... avant de quitter le Parc, j'ai reçu du D. A. par l'intermédiaire du D. M. C. une circulaire relative au P. L. Ponchon a dû la classer par erreur dans le dossier des R. V. F. Et justement la T. P. qui vient de s'ajoindre à la T. M. 68 me la réclame pour la communiquer à la S. P. 22.

PREMIER OFFICIER

Qu'est-ce que ça peut me faire ?

DEUXIÈME OFFICIER (*furieux*)

Comment qu'est-ce que ça peut vous faire, ben à moi ça me fait...
c'est très important, .. vous me rechercherez ça ! !

PREMIER OFFICIER (*conciliant*)

Je vous le promets.

DEUXIÈME OFFICIER

A propos, vous avez beaucoup de malades ?

PREMIER OFFICIER

Moi ? mais non !

DEUXIÈME OFFICIER

Mais vous en évacuez tous les jours !

PREMIER OFFICIER

Mais c'est inexact !

DEUXIÈME OFFICIER

Voyons.., voyons... depuis 15 jours on ne parle que des évacuations
de LODZ ! ! !

A l'orchestre, Hymne russe...

RIDEAU

SCÈNE VI

ONZIÈME TABLEAU

Un carrefour. — A droite, un immeuble sur lequel on peut lire « Estaminet d'Azur ». A gauche. au fond. W. C.

LA COMMANDANTE *(entrant, frileuse)*

Il fait un temps dans ce Montières…

LE COMPÈRE *(suivant)*

C'est la première fois qu'il y pleut ! Je vais en tous cas donner des ordres pour que le fait ne se renouvelle pas !

UNE VOIX *à l'intérieur des W. C.*

Ouvrez-moi, je n'y tiens plus !

LA COMMANDANTE

Mais qu'est-ce donc ?

LA SENTINELLE

J'peux pas le laisser sortir. Il avait ben des papiers en rentrant, mais il n'en a pas pour sortir, alors !! C'est la consigne.

LE COMPÈRE

Mais il va s'axphyxier !

LA SENTINELLE

C'est la consigne !!

LA COMMANDANTE

Quel est donc ce nouveau règlement ?

LE COMPÈRE *(va sortir quelque chose de sa poche)*

Je vais vous le montrer !

LA SENTINELLE *(se jetant sur lui)*

Ne sortez rien ! Personne ne doit sortir ! C'est la consigne !

LE COMPÈRE

Mais alors ?

LA COMMANDANTE

Alors, allons-nous en !

LA SENTINELLE (*même jeu*)

Ne sortez pas ! Personne ne doit sortir !

La patrouille entre en chantant

Air : *Le Petit Duc.*

Pas sortir,
Pas sortir,
C'est l'ordre formel du capitaine.
Pas sortir,
Pas sortir.
C'est la consigne, elle est formelle !

(*La patrouille sort sur les dernières notes et laisse la sentinelle en faction.
Soudain cette dernière aperçoit des ombres dans la coulisse.*)

LA SENTINELLE

Qui vive ! Halte-là !

DES VOIX (*dans la coulisse, très doucement*)

C'est nous... les gendarmes.

LA SENTINELLE

Hein ! Quoi !! Les gendarmes !!! Le premier vaurien venu s'habille
en gendarme ! Je connais pas les gendarmes, moi ! Avance au ralliement où je fais feu ! (*La sentinelle manœuvre la culasse de son fusil.*)

(*A cet instant entrent deux gendarmes. — Ils s'avancent devant la
sentinelle qui croise l'arme.*)

LE BRIGADIER

Eh voui !! c'est nous les gendarmes !! Les gendarmes de Montières... Comme qui dirait l'ornementation essentielle et primordiale de
la cité !!! (*Il chante*) :

Air : *Les Deux Pandores*, de G. NADAUD.

Les gendarmes en temps de guerre
Ne sont pas faits pour batailler.
La bataille ne leur dit guère,
Ils aiment mieux batt' le pavé,
Etaler leur noble prestance,
Faire sonner leurs éperons.

Le deuxième gendarme réplique :

Brigadier, c'est bien c' que je pense,
Brigadier, vous avez raison (*bis*).

* *
*

Dans Amiens et dans Montières,
C'est à nous que l'on a confié
La surveillance des militaires,
Pour ça, sur nous, on peut compter.
S'ils s'attardent par imprudence
Après huit heures, nous les coffrons.

Deuxième gendarme :

Brigadier..., etc...

* *
*

Un gendarme on dit que c'est bête,
C'est vrai ! Mais n'est pas bête qui veut,
Nous avons pourtant dans la tête
Des ruses et plus d'un truc heureux :
Pour choper ces braves militaires,
Dans les pissoirs nous nous cachons.

Deuxième gendarme :

Brigadier, je vous l' réitère.
Brigadier, vous avez raison.

*
* *

Pendant c' temps, les voleurs peuv' faire
Leur p'tit travail tout tranquillement,
Nous voulons rester à Montières
Près de nos femm's très gentiment.
Pour cela, il est nécessaire
Que l'on prouve à quoi nous servons.

Deuxième gendarme :
Brigadier, je vous l' réitère,
Etc....

LE BRIGADIER (*parlant*)

Eh ! Voui !! que c'est nous les éléments compositoires et formatoires du corps de la gendarmerie.

DEUXIÈME GENDARME

Le corps d'élitre !! (*Il rit bêtement.*)

LE BRIGADIER

Que je veux que vous ne riez pas, gendarme!! Un gendarme ne doit pas rire !! Un gendarme doit préférablement pleurer sur ses misères, car les gendarmes sont ostentoirement et subjugatoirement des gens malheureux... comme qui dirait, par exemple, des va-nu-pieds.

DEUXIÈME GENDARME (*ouvre la bouche sans comprendre*)

LE BRIGADIER

Voui !! que vous ne comprenez pas ?
Et voui !! puisqu'on n'a jamais vu la maré... chaussée.

(*Ils rient aux éclats tous les deux*)

LE COMPÈRE (*intervenant*)

Les jeux de mots constituent votre principale occupation...

LE BRIGADIER (*sévère*)

Dites donc !! (*Frisant ses moustaches*) C'est nous qui gardons la morale et soutenons les mœurs !!

Que nous donnons la chasse à tout ce qui sent l'amour libidineux et les passions échervelées.

(*Montrant au Compère l'Estaminet d'Azur*) :

Ainsi tenez ! voilà une maison où les automobilistes viennent lâcher la bride à la débauche. Voui...

Que nous allons faire une râfle, là-dedans !! Vous allez voir !!

Gendarme ! Que vous allez vous introduire subrepticement et secrètement dans cet immeuble et vous constaterez « de bisu » ce que vos yeux visiblement auront vu.

DEUXIÈME GENDARME

Bien ! ! brigadier.

(Il entre dans le Pavillon. Tumulte à l'intérieur. Cris : 22 v'là les flics ! Portes qui se ferment. Sauve qui peut. Le gendarme revient.)

LE BRIGADIER

Gendarme, donnez-moi votre rapport !

DEUXIÈME GENDARME

Que j'ai vu là-dedans des militaires en tenue rhédibitoire et malséante. A ma vue les femmes dévêtues, les cheveux hagards et les yeux hérissés ont caché sous les tables leurs nudités vénusiques et cadavériques en poussant des cris excitatoires et lubriques.

LE BRIGADIER

Voui ! ! La situation me paraît tendue et manifestement oléagineuse. Je vais voir « de bisu » moi-même.

(Il entre dans le Pavillon. Cris de femmes. Rires. Baisers. Bientôt le brigadier rentre en scène, sa tenue explique ce qui s'est passé à l'intérieur du l'avillon. [Il chante) :

Air : Ah ! que l'amour.

Plein de confiance en ma vertu farouche,
J'étais entré dans l'Estaminet Bleu.
Où j'avais zouï des cris qui parurent louches
Que font pousser les baisers amoureux.
Je me disais : Pandore, soit sévère,
Fais ton devoir, fais respecter la Loi.
Mais pour cela il import' de fair' taire
Le p'tit cochon qui déjà r'mue en toi.

REFRAIN

Que l'amour est bon, que l'amour est beau,
Que l'amour est bon quand il est beau.
Que l'amour est long, que l'amour est fou,
Que l'amour est long quand il est fou !

*   *

A mon entrée dans cett' maison joyeuse,
Cinq ou six femmes se pendent après moi !
Elles prenaient toutes des poses amoureuses,
Et s'enquéraient si j'étais en émoi.
A force de tripoter ma nature,
Je fus en form', le gendarm' n'est pas d' bois,
J'avise alors une riche créature
Qui me disait : Mont', tu verras, chez moi !

REFRAIN

Que l'amour est bon, que l'amour est beau,
Que l'amour es bon quand il est beau.
Que l'amour est long, que l'amour est fou,
Que l'amour est long quand il est fou.
Que l'amour est mou, que l'amour est mûr,
Que l'amour est mou quand il est mûr.
Que l'amour est doux, que l'amour est dur,
Que l'amour est doux quand il est dur.

*   *

Vite, je suivis la jolie demoiselle
Dans sa chambrett' que se trouvait en haut.
Je la p'lotais .. En souriant, la belle
Me bécotait... m'appelait : mon Coco !
Le plumard semblait gazouiller : Viens Poupoule !
Et me disait : Ben quoi? Va-z-y dare dare.
N'y tenant plus, je ceinturais la poule,
Au septième ciel je partais sans retard.

REFRAIN

Que l'amour est bon, que l'amour est beau,
Que l'amour est bon quand il est beau.
Que l'amour est long, que l'amour est fou,
Que l'amour est long quand il est fou.
Que l'amour est mou, que l'amour est mûr.
Que l'amour est mou quand il est mûr.
Que l'amour est doux, que l'amour est dur,
Que l'amour est doux quand il est dur.
Que l'amour est tsoin, que l'amour est boum,
Que l'amour est tsoin quand il est boum.
Que l'amour est ....., que l'amour est .....
Que l'amour est ..... quand il est .....
Que l'amour est .. ... Oh! Oh! Oh! Oh!

En terminant, les deux gendarmes tombent dans les bras l'un de l'autre et murmurent en extase : Que l'amour est bon...)

RIDEAU

SCÈNE VII

DOUZIÈME TABLEAU

L'Infirmerie

Décor approprié. — Une série d'hommes plus ou moins emmitouflés attendent. Arrive le major qui s'installe à la table et prend le cahier de visite. Son infirmier le suit, portant plusieurs boîtes de biscuits petits-beurre.

LE MAJOR

Voyons le premier. — Dupont. — Qu'est-ce que c'est ?

DUPONT

Monsieur le Major, j'ai des tranchées.

LE MAJOR

Ah ! on y est très mal, maintenant. Et où ça ?

DUPONT

Dans le ventre ?

LE MAJOR

Ah ! montrez un peu. (*Dupont écarte son vêtement ; il l'ausculte*) Un peu d'emphysème, faites-vous quelques pansements humides et transpirez, transpirez.... Le suivant, Durand ! qu'est-ce que c'est ?

DURAND

Monsieur le Major, j'me suis fait un effort.

LE MAJOR

Ah ! Et comment ça ?

DURAND (*gêné*)

En faisant... rien, m'sieur le Major.

LE MAJOR (*amusé*)

Ce n'est généralement comme ça qu'on se fait un effort !

DURAND

Eh bien, voilà ! Ma femme... est venue me voir... et c'est avec elle que je me suis fait...

LE MAJOR (*souriant*)

... Un effort ! — Allons, ce n'est rien. Vous vous purgerez. (*Il inscrit sur le cahier de visite et dit tout haut*) :
... Exempt huit jours .. de coucher avec votre femme.
Au suivant !

(*Arrive un malade la tête enveloppée*)

LE MAJOR

Qu'est-ce ?

(*Le malade montre qu'il a mal aux dents*)

LE MAJOR (*à l'infirmier*)

Voyez ça, Gravière !

(Gravière, après un minutieux examen, sort une pince de forgeron, la flambe à un briquet, et après avoir appuyé le genou sur la poitrine du patient, extirpe une volumineuse molaire qu'il examine d'un air satisfait.)

LE MAJOR

Au suivant !

BOUDEVALVE *(s'avançant)*

M'sieur le Major, j'ai du rhumatisme.

LE MAJOR

Montrez ça. *(Il l'ausculte)* Il y a bien quelque chose qui vous ferait beaucoup de bien, mais je ne suis pas en mesure de vous le fournir... Prenez un peu de bourrache... ça produira le même effet... Si ça ne va pas mieux, je vous proposerai pour la réforme.— Au suivant ? Dubois !.. *(Dubois rentre)*. Qu'est-ce que c'est ? *(A ce moment, le docteur regarde sa montre)* Quatre heures. c'est l'heure du thé, vous reviendrez demain. *(Il se lève et chante)* :

Air : *Ça vous fait tout de même quéque chose.*

L' métier d' major au régiment
N'est pas ce qu'on croit une sinécure,
C'est un tourment de chaque instant,
Une existence des plus dures,
Il faut se lever tout d'abord
Chaque jour de bien trop bonne heure,
Abandonner tous les trésors
Qu'avec amour not' main effleure.
REFRAIN
Quand il faut quitter chaqu' matin,
Son dodo bien chaud, sa petit' gosse
Qui contre vous se p'lote, l'air calin.
Ça vous fait tout de même quelque chose.

Nous arrivons lors au quartier.
Toujours d'une humeur massacrante.
Et ce sont les pauvres troupiers
Qui trinqu', c'est chose évidente,
Nous distribuons suivant les cas
Qu'ils tir' au flanc ou soient malades,
Quatr' jours de sall' ou de l'ipéca.
Pour nous c'est la même salade.
REFRAIN
Vous m' direz que ce n'est pas malin :
Oui, j'en conviens. j' n'en suis pas cause.
Quoi qu'on leur donne à nos biffins,
Ça leur fait tout d' mêm' quelque chose

Pour soigner les rages de dents,
Les lombagos. la typhoïde,
Nous avons les mêmes traitements :
Purge, ipéca. pansements humides ;
L'exemption de chaussur's, c'est bon !
Quand on l'accompagn' de la diète,
La teintur' d'iode en badigeon.
Et voilà notr' médecin' complète.
REFRAIN
C'est ainsi que chaqu' matin
Nous distribuons, variant la dose,
Les remèdes les plus bénins,
Mais qui leur font tout d' mêm' quelque chose.

(Entre le vaguemestre)

LE VAGUEMESTRE

Monsieur le Major, voici le courrier.

(A ce moment arrivent le compère et la commandante)

LA COMMANDANTE *(au vaguemestre)*

Dites-moi, vaguemestre, j'attends un paquet recommandé qui m'a été expédié le 4 décembre 1912.

LE VAGUEMESTRE

Oh ! mon commandant, il est impossible qu'il soit arrivé encore... que voulez-vous.. les bur aux de postes sont encombrés d'employés, il n'y a plus de place pour mettre ni lettres, ni paquets et les rares commis qui voudraient travailler perdent la tête avec les T. M., les T. P , les P. T. T., les S. P., les R. V. F., sections et secteurs.

LE COMPÈRE

Oh ! ce service postal est exécrable ! Mais les vaguemestres sont là pour suppléer à ces lacunes par leur complaisance inlassable et leur bonne volonté notoire. *(Le compère chante)* :

Air : *Quand les Papillons...*

Au servic' postal se trouv' deux vaguemestres
Pour soigner l' courrier de chaque section :
Comm' les autr's sous-off., en flemme ils sont maîtres,
Et c'est bien pour ça qu'ils ont des galons.
Ah ! les billets doux, les lettres des mères,
Les lettres chargées portant du pognon.
Qu'on attend anxieux, ça n' les touche guère ;
Vagu'mestr's, avouez, ne dites pas non.

REFRAIN

Ah ! Dalmais, Laurent, ne fait's plus souffrir
Ces pauvr's soldats qui pourtant vous aiment,
Ne leur montrez plus les patat's à finir
Et faites pour eux comme pour vous-mêmes.

Car la vie au parc n'est pas folichonne.
On nous y conduit comm' de jeun's conscrits ;
Quand ce n'est pas l'un, c'est l'autr' qui ronchonne,
Tantôt c'est l' cabot, tantôt les margis.
Puis c' sont les appels, les plantons, les gardes,
Le mach'fer, la sciur', la paille, les goguenots ;
Aussi comprenez combien il nous tarde
D'avoir ces bonn's lettr's qui calment nos maux.

REFRAIN

Ah ! Dalmais, Laurent, etc.

RIDEAU

SCÈNE VIII

TREIZIÈME TABLEAU

Le Bureau

Décor représentant un bureau. — A gauche, le fourrier travaille; au centre, le lieutenant et un homme jouent aux dames : à droite, deux hommes dorment sur un bureau.

LE FOURRIER (*fort*)

Qui est-ce qui a pris mon encre rouge ? (*Personne ne répond. Très fort*) Je vais me fâcher. (*Un homme se réveille, apporte l'encrier.*)

LE FOURRIER

Ma fera ben deveni... na bourriqua. (*Sonnerie téléphone*).

LE LIEUTENANT

Millet, au téléphone.

LE FOURRIER

Lêche mé tranquille... Dé autra chouse à fare, (*se reprenant*) oh pardon ! (*Il prend le récepteur du téléphone*). Allo ! Oui... Comment .. Mais non ce n'est pas le laboratoire antityphique, c'est la section 31. Allo... oui... Ah !... très bien ! . à quel endroit... Bon.

(*Au lieutenant*). Mon lieutenant .. c'est l'équipe des dépanneurs qui est en panne à Potinville.

LE LIEUTENANT (*tout à sa partie*)

... Y a pas d'erreur, vous devez me souffler. .

LE FOURRIER (*insistant*)

Mon lieutenant !...

LE LIEUTENANT (*se retournant et d'un air désintéressé*)

Ah ! oui... Faut les faire dépanner ! !

LE FOURRIER

Bien ! ! Planton, dites qu'on envoie immédiatement à Potinville une équipe de quatre hommes pour dépanner les dépanneurs.

LE LIEUTENANT (*qui continue à jouer*)

Les blancs jouent et gagnent....

LE FOURRIER (*fort*)

Y a-t-il des hommes qui n'ont pas touché de pantalons ?
Donnez-moi l'état de ceux qui n'ont pas touché de corsets ?

LE LIEUTENANT (*même jeu*)

Ponchon n'en a pas trouvé à sa taille.

LE FOURRIER

Je n'ai que des 255 de tour de taille.

(*Sonnerie*). Allo... Oui.. Comment... encore, bien... (*Appelant*). Planton, dites qu'on envoie immédiatement huit hommes pour dépanner les dépanneurs des dépanneurs qui sont en panne.

(*Entrent la Commandante, le Compère et l'Anglais*)

LE COMPÈRE

Entrez, cher allié, voici le bureau de la 31e section !

L'ANGLAIS

Thank you !

LE FOURRIER

Qu'est-ce qui veut encore, ce phénomène ?

L'ANGLAIS

(*Il explique très mal qu'il est en panne et demande à faire réparer sa voiture*)

LE FOURRIER

Qu'est-ce qu'elle a, votre voiture ?

L'ANGLAIS

Elle ne marche plus.

LE FOURRIER

Mais pourquoi ne marche-t-elle plus ?

L'ANGLAIS

Parce qu'elle est *cassée* !

LE COMPÈRE

Ah ! certes, ce n'est pas le moment de vous laisser en panne... car, dit-on, vous débarquez fort...

L'ANGLAIS

Oui, Monsieur, nous débarquons tous les mois par petits paquets, et vous, Madame. . vous savez bien que on ne peut jamais arrêter les Anglais...

LA COMMANDANTE

Jamais l'Entente n'a été aussi cordiale pour nous et aussi pratique pour vous.

L'ANGLAIS

Certainement, very good...

LE COMPÈRE (*lui arrachant de sa poche un échantillon*)

Mais qu'est-ce que vous avez-là ? Un échantillon de capote ?

L'ANGLAIS

Chut !.. un échantillon de velours... Je copie les spécialités de la ville d'Amiens,... ils n'en ont pas en Angleterre !!!

LE COMPÈRE

Oh ! alors !...

(*Il lui arrache de sa poche une photo*)

Et cela ?

L'ANGLAIS

Ça, c'est une petite femme française. (*Il fait un geste décrivant la poitrine*) Elles n'en ont pas en Angleterre !

LE COMPÈRE

Oh ! alors .. alors .. je vois que vous ne perdez pas votre temps en France.

L'ANGLAIS

Yes, time is money. (*Il chante*) :

Air : *Typperary.*

Up to mighty London came an Irishman one day,
As the streets are pawed with gold, sure ev'ryone was gay :
Singing songs of Piccadilly, Strand and Leicester Square,
Till Paddy got excited, then he shouted to them there,

REFRAIN

It's a long way to Typperary,
It's a long way to go
It's a long way to Typperary,
To the sweetest girl I know!
Good bye Piccadilly,
Farewell Leicester Square,
It's a long, long way to Typperary,
But my heart's .. right there!

(*Il sort en dansant*).

LE COMPÈRE

Toujours les mêmes, ces Anglais... Ils font la guerre comme un sport,... comme une partie de foot-ball.

(*Un homme entre tout débraillé et se grattant avec agitation*)

L'HOMME

Ben, vous savez, ça y est.. ils nous ont envahis...

LE COMPÈRE

Qu'est-ce que vous dites-là ?

L'HOMME

Ah ! pis vous savez, y a rien à faire .. y sont rentrés par masses compactes et ravagent toutes les régions..... j'sais pas maintenant comment on va s'en défaire ?

LE COMPÈRE (*excité*)

Voyons.. qu'on fasse venir du 75, du 105, du 155, du 350 — du 420 au besoin ..

L'HOMME

Ah ! mon vieux, tu ferais bien encore venir du 606 que ça serait le même tabac,... ils y sont et ils y sont bien .

LE COMPÈRE

Voyons, voyons, je n'y suis plus... plus d'équivoque..., qui, « ils »? de qui parlez-vous ?

L'HOMME

Ben, mon vieux, si t'a pas compris (*geste*) des mies de pain mécaniques.. je meurs ou je m'attache.

LIEUTENANT TILLEUL

Appelez-moi les chefs de chambrée immédiatement... Y a pas d'erreur, c'est embêtant. Voyons Millet, faut prendre des mesures !

LE FOURRIER

Bien, mon lieutenant. (*Les brigadiers chefs de chambrée entrent.*)

LIEUTENANT TILLEUL

Voyons, brigadiers, il paraît que votre négligence pour l'entretien des chambrées nous met sous la menace d'une invasion de petites bêtes, du moins d'après ce que dit ce conducteur !

LES BRIGADIERS (*ensemble*)

Mais non, mon lieutenant, c'est faux, c'est un menteur.

L'UN D'EUX (*continuant*)

Personne ne s'est plaint jusqu'à présent et s'il y a des petites bêtes, c'est lui qui les apporte Du reste, c'est un mauvais coucheur... sous prétexte qu'il revient du front, il crâne, il bluffe et nous traite tous d'embusqués...

(*Discussion générale entre le conducteur et les brigadiers. Bruit. On perçoit les mots « crâneur ». « embusqué », « fainéant »*)

LE COMPÈRE (*intervenant*)

Voyons, voyons... du calme, nous ne sommes pas ici pour nous disputer. Qui parle ici d'embusqués ?

Il n'y a pas en ce moment d'embusqués ! Tous les Français sans exception font leur devoir et tout leur devoir.

(*Il déclame*) :

Gloire à vous, fantassins courbés dans les tranchées
Qui, tout couverts de boue et tout transis de froid,
Arrachez notre sol aux hordes retranchées
Des immondes soudards du rouge empereur-roi.

Gloire à vous, cavaliers des grandes chevauchées,
Qui partez au galop des chevaux écumants,
Broyant sous leurs sabots les troupes qu'ont fauchées
Vos bras vaillants, armés de lourds glaives tranchants.

Gloire à vous, canonniers qui crachant la mitraille,
Pêle-mêle, couchez hommes, chevaux, caissons,
Quand tonnent vos canons, rois géants des batailles,
Par delà les côteaux, s'écroulent les maisons.

Gloire à vous, pontonniers et sapeurs du génie,
Qui, sous des feux d'enfer, lancez vos ponts-bateaux ;
Qui, gagnant en rampant la redoute ennemie,
Coupez les fils de fer et préparez l'assaut.

Gloire à vous, tout là-haut, aviateurs sublimes,
Qui narguez les obus, les balles et les vents,
Planez sur l'ennemi, — tel l'aigle des cimes —
Pour renseigner nos chefs, en surprenant ses plans.

Mais aussi gloire à vous, les soldats de l'arrière,
Ripincelles, tringlots, ouvriers ou chauffeurs,
Qui faites humblement la tâche journalière,
Par quoi d'autres auront la gloire et les honneurs.

Gloire à vous tous, enfin, quelle que soit votre tâche !
De même vous servez, — sublime égalité —
Une cause à jamais immortelle et sans tache,
Car la France est l'Honneur, le Droit, la Liberté.

LE COMPÈRE *(continuant)*

Oui, mes amis, tous vous êtes admirables par votre esprit de sacrifice et pour maintenir vos cœurs toujours dignes de la tâche, resserrez-vous sous les plis du drapeau ! *(Il saisit un drapeau tricolore, l'étreint et chante)* :

Air : *Ce que c'est qu'un drapeau.*

Drapeau sacré, sous tes plis magnifiques,
Synthétisant les rêves de nos cœurs,
Nous nous groupons, en un bloc héroïque,
Prêts à mourir, pour sauver ton honneur.
La lutte est chaude et l'ennemi farouche,
Mais nous vaincrons, car nous sommes unis !
Vaillants héros que la mitraille couche,
Dormez en paix, la victoire nous suit.

REFRAIN

Flotte petit drapeau,
Flotte, flotte bien haut,
Image de la France,
Symbole d'espérance,
Tu réunis en ta simplicité
La famille, le sol, la liberté !

(Tous reprennent en chœur le refrain)

RIDEAU

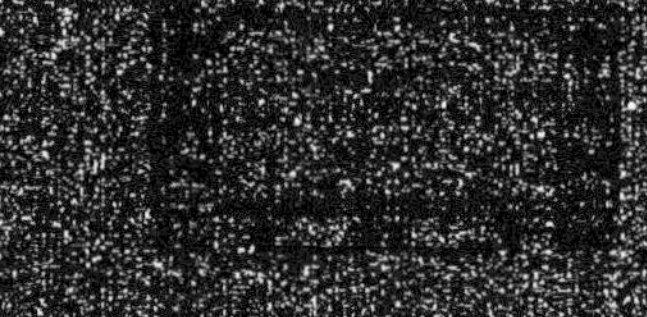